DISCOURS

PRONONCÉ

A L'ASSEMBLÉE GÉNÉRALE

DE LA SOCIÉTÉ DE L'HISTOIRE DE FRANCE

MAI 1905

PAR

M. HENRI OMONT

MEMBRE DE L'INSTITUT

PRÉSIDENT DE LA SOCIÉTÉ

NOGENT-LE-ROTROU

IMPRIMERIE DAUPELEY-GOUVERNEUR

1905

DISCOURS

DE

M. HENRI OMONT

MEMBRE DE L'INSTITUT

PRÉSIDENT DE LA SOCIÉTÉ

PENDANT L'EXERCICE 1904-1905.

———

Messieurs,

Au début de l'Assemblée générale qui nous réunit aujourd'hui, votre président doit remplir un double devoir. Il en est un particulièrement doux, dont vous lui permettrez de s'acquitter sans tarder : c'est de vous témoigner sa très vive gratitude pour l'honneur insigne que vous avez bien voulu lui faire en l'élevant l'an dernier à la magistrature suprême de notre Société. Ce n'était pas sans quelque inquiétude et sans une appréhension légitime de son inexpérience qu'il se voyait appelé à diriger vos séances et à présider à vos travaux. Votre bienveillance lui a rendu la tâche particulièrement facile, et, à la fin de cette année trop vite écoulée, vous voudrez bien le laisser encore vous offrir ses sentiments de sincère et durable reconnaissance.

C'est à votre président qu'échoit aussi le pénible devoir de rappeler devant vous les pertes éprouvées par la Société depuis notre précédente Assemblée générale et de saluer en votre nom d'un dernier adieu la mémoire de confrères que nous avons le regret de ne plus compter dans nos rangs. Nos deuils ont été cette année particulièrement sensibles.

M. Anatole de Barthélemy, né à Reims le 1er juillet 1821, et décédé le 27 juin dernier, à l'âge de quatre-vingt-trois ans, dans sa maison de campagne de Ville-d'Avray, était entré dans nos rangs, il y a près de quarante ans, le 7 février 1865; membre du Conseil en 1868, président de la Société en 1882-1883, lors des fêtes de notre Cinquantenaire, il n'avait cessé depuis lors d'appartenir au Comité de publication et de nous faire profiter de ses conseils et de sa longue expérience.

Séduit de bonne heure par l'attrait des études historiques et archéologiques, Anatole de Barthélemy avait suivi les cours de l'École des chartes, dont il fut nommé élève pensionnaire en 1842; la même année, il devenait membre de la Société des Antiquaires de France. Il aura été le dernier survivant de ces anciens élèves pensionnaires nommés sous le régime de l'Ordonnance de 1829 et assimilés aux archivistes-paléographes, comme il était aussi, depuis longtemps, le doyen respecté de la Société des Antiquaires.

Cependant, quelque attrait qu'eussent pour lui les travaux d'érudition, il ne tarda pas à accepter des fonctions administratives qui devaient le retenir pendant plusieurs années éloigné de Paris. C'est ainsi qu'il fut successivement conseiller de préfecture et secrétaire général des Côtes-du-Nord, puis sous-préfet de Belfort, et enfin de Neufchâtel-en-Bray. Ses devoirs administratifs ne l'absorbèrent pas toutefois au point de ne lui laisser aucun loisir. Il semble, tout au contraire, que son passage dans la carrière préfectorale ait fourni un aliment nouveau à ses goûts pour l'histoire et l'archéologie, et, si la Champagne devait garder jusqu'à ses derniers jours une place d'élection dans son cœur, la Bretagne, témoin de ses débuts administratifs, lui devint, en quelque sorte, une seconde province natale.

La liste est longue des ouvrages, des brochures, des articles épars dans différentes revues qu'il a consacrés à l'histoire de Bretagne, et en particulier du département des Côtes-du-Nord. Il suffira de rappeler devant vous les principaux, en suivant l'ordre des dates de leur publication : *Mélanges historiques et archéologiques sur la Bretagne* (1854-1858); *Anciens évêchés de Bretagne, diocèse de Saint-Brieuc* (6 vol., 1855-1879), en collaboration avec M. Geslin de Bourgogne; *Études sur la Révolution en*

Bretagne, principalement dans les Côtes-du-Nord (1858), en collaboration avec le même; *Choix de documents inédits sur l'histoire de la Ligue en Bretagne* (1880), etc.

De bonne heure aussi, il avait été préoccupé par tout ce qui touche à l'histoire et aux origines de la noblesse, et c'est à cet ordre d'études qu'on doit les différentes dissertations qu'il fit successivement paraître sur *l'Aristocratie au XIX⁰ siècle* (1859); *Recherches sur la noblesse maternelle* (1861); *De la qualification de chevalier* (1868); *Étude sur les lettres d'anoblissement* (1869); *les Origines de la maison de France* (1873), etc.

Mais c'est comme numismatiste que l'activité scientifique d'Anatole de Barthélemy aura été la plus féconde. Dès 1848, il avait publié un *Essai sur les monnaies des ducs de Bourgogne;* en 1851 et 1853, il faisait paraître, dans la collection des manuels Roret, son *Nouveau manuel de numismatique ancienne, du moyen âge, et moderne,* deux petits volumes qui, pendant plus d'un demi-siècle, auront été dans toutes les mains, guidé des centaines de débutants, et beaucoup plus fait que nombre de gros ouvrages pour propager et développer le goût de cette science auxiliaire de l'histoire. Trop nombreux, pour que je puisse les énumérer devant vous, sont les articles sur les questions numismatiques les plus diverses qu'il a donnés à la *Revue archéologique,* à la *Revue numismatique,* au *Bulletin* ou aux *Mémoires* de la Société des Antiquaires de France, etc. Il suffira de vous rappeler seulement les instructions qu'il a publiées, en 1891, au nom du Comité des travaux historiques, sur la *Numismatique de la France : époques gauloise, gallo-romaine et mérovingienne;* l'*Essai sur la monnaie parisis,* qu'il a donné, en 1875, aux *Mémoires* de la Société de l'Histoire de Paris, et enfin sa *Note sur l'origine de la monnaie tournois,* imprimée en 1896 dans les *Mémoires* de l'Académie des inscriptions.

Les différents corps savants, commissions et sociétés, auxquels notre regretté confrère a donné le meilleur de son temps garderont longtemps le souvenir de sa collaboration

active et féconde : l'Académie des inscriptions, à laquelle il
appartenait depuis 1887 ; le Comité des travaux historiques,
dans lequel il faisait partie de trois sections : histoire et phi-
lologie, archéologie et géographie historique ; les Sociétés
de l'École des chartes, des Antiquaires de France, de l'Histoire de Paris, etc., qu'il avait successivement présidées.

Après cette trop rapide revue des principales œuvres de
l'historien et du numismatiste, il resterait à vous entretenir
encore de l'homme, accueillant, simple et bon, si tous, ou
presque tous ici, nous n'avions été personnellement à même
d'apprécier ses rares qualités d'esprit et de cœur, et si ce
n'était aller en quelque sorte contre la volonté dernière de
ce galant homme et de cet homme de bien, dont la mémoire
nous restera toujours chère.

M. Jean-François-Albert du Pouget, marquis de Nadaillac, né à Paris en 1818, était l'aîné de trois ans de M. de
Barthélemy et est mort trois mois après lui, en son château
de Rougemont (Loir-et-Cher), le 1ᵉʳ octobre 1904. Entré en
1854 dans notre Société, qu'il avait présidée en 1895, une
courte et brillante carrière administrative, pendant laquelle
il avait successivement été mis à la tête des importantes
préfectures de Pau et de Tours, ne l'avait détourné que peu
de temps des études préhistoriques, auxquelles il a consacré
la meilleure part de son activité scientifique, et qui l'avaient
fait admettre, dès 1884, par l'Académie des inscriptions, au
nombre de ses correspondants. Il suffira de vous rappeler les
titres et les dates de quelques-uns de ses ouvrages : *l'An-
cienneté de l'homme* (2ᵉ édit., 1870) ; *les Premiers
hommes et les temps préhistoriques* (1880, 2 vol.) ;
l'Amérique préhistorique (1882) ; *l'Homme tertiaire*
(1885) ; *Mœurs et monuments des peuples préhistoriques* (1888), pour montrer l'activité du savant, dont
l'âge ne ralentissait pas l'ardeur à poursuivre l'étude des
origines lointaines de l'humanité. Les questions actuelles ne
le préoccupaient pas moins, témoins ses mémoires sur *l'Af-
faiblissement de la natalité en France, ses causes et
ses conséquences* (1886), et sur *le Problème de la vie*
(1892). En ces dernières années, il avait apporté au *Cor-*

respondant une collaboration particulièrement active et féconde; soixante-six articles signés de son nom ont, en effet, paru dans cette revue de 1878 à 1904.

Tous ceux qui l'ont connu garderont le souvenir de l'agrément de sa parole, de l'aménité de ses relations, de la distinction de sa personne. L'esprit toujours en éveil, travaillant sans cesse, s'intéressant à tout, nous pouvions espérer le compter encore plusieurs années dans nos rangs, quand un deuil cruel est venu profondément l'atteindre dans ses affections paternelles. Notre regretté confrère n'a pu survivre que quelques semaines à peine à la mort de sa fille, Mᵐᵉ la comtesse Xavier de Froidefond de Florian, qui partageait le goût de son père pour les études historiques, et avait tenu à témoigner, en se faisant inscrire sur nos listes, il y a vingt ans, de l'intérêt qu'elle aussi portait à nos travaux.

M. le comte Gustave-Armand-Henri de Reiset était un contemporain de M. de Barthélemy et de M. de Nadaillac, et, comme eux, il avait supporté allègrement le poids des ans : né au Mont-Saint-Aignan, près Rouen, en 1821, il s'est éteint le 2 mars 1905, en son château du Breuil, dans le département de l'Eure, à l'âge de quatre-vingt-cinq ans. Après une longue et brillante carrière diplomatique, M. le comte de Reiset, retiré en Normandie, y avait réuni de rares et précieuses collections d'objets d'art et avait consacré les loisirs de sa retraite à des recherches historiques et artistiques sur les dernières années du xviiiᵉ siècle. On lui doit un recueil de *Lettres inédites de Marie-Antoinette et de Marie-Clotilde de France, sœur de Louis XVI, reine de Sardaigne* (1876); une étude sur *le Château de Crécy et Mᵐᵉ de Pompadour* (1877); deux volumes, splendidement illustrés, et couronnés par l'Académie française en 1885, sur *les Modes et usages au temps de Marie-Antoinette; Livre-journal de Mᵐᵉ Eloffe, marchande de modes, couturière-lingère ordinaire de la reine et des dames de sa cour (1787-1793).* Il venait enfin de faire paraître, en 1903, à l'exemple des Souvenirs de son oncle le lieutenant général vicomte de Reiset (1775-1836), publiés en trois volumes de 1899 à 1901, deux volumes de *Souvenirs* de sa carrière diplomatique, qui seront une source précieuse pour l'historien de l'unité de l'Allemagne. M. le comte de Reiset était un des doyens de notre Société, à laquelle il appartenait depuis 1845.

Si M. Auguste Molinier n'était entré dans nos rangs qu'en 1886, depuis moins de vingt ans, ses nombreux travaux et son enseignement historique lui méritent une mention spéciale dans cette liste funèbre. Né à Toulouse en 1851, il était venu de bonne heure se fixer à Paris, et il sortait de l'École des chartes, le premier de sa promotion, dès 1873. Successivement sous-bibliothécaire à la bibliothèque Mazarine, bibliothécaire du palais de Fontainebleau, conservateur à la bibliothèque Sainte-Geneviève, il avait enfin succédé en 1893 à Siméon Luce, dans la chaire d'histoire des sources de l'histoire de France, à l'École des chartes. Il est mort à cinquante-deux ans, au lendemain de notre dernière Assemblée générale, le 19 mai 1904.

L'histoire de sa province natale a tenu une grande place dans la vie d'Auguste Molinier. Pendant quinze ans, il a donné le meilleur de son temps à la nouvelle édition de l'*Histoire générale de Languedoc* de dom de Vic et dom Vaissète, qu'il enrichit, en particulier, d'un remarquable essai sur la *Géographie historique de la province de Languedoc,* publié en 1889, et auquel l'Académie des inscriptions décerna, la même année, le second prix Gobert. Plus tard, il devait éditer, dans la collection des Documents inédits sur l'histoire de France, en deux gros volumes in-4°, la *Correspondance administrative d'Alfonse de Poitiers* (1894 et 1900), et préparer la publication des comptes de ce même prince. Entre temps, après la mort de Titus Tobler, la Société de l'Orient latin lui avait confié le soin de publier les *Itinera et descriptiones Terrœ Sanctœ* (1880) et, en collaboration avec M. Charles Kohler, les *Itinera Hierosolymitana* (1885). C'est à la même époque qu'il donna pour notre Société, avec son frère, M. Émile Molinier, une édition de la *Chronique normande du XIV^c siècle* (1883), si importante pour l'histoire des guerres

anglaises de 1345 à 1371. L'un des fondateurs de la Collection de textes pour servir à l'étude et à l'enseignement de
l'histoire, il faisait bientôt paraître dans cette collection
(1887) la *Vie de Louis le Gros,* par Suger, suivie de
l'*Histoire du roi Louis VII*, jusqu'alors anonyme, et
qu'il avait été le premier à reconnaître comme une œuvre
de Suger.

Ces différentes publications ne suffisaient pas à absorber
l'activité d'Auguste Molinier. Dès 1884, il commençait à
donner à la grande entreprise du Catalogue général des
manuscrits des bibliothèques de France une collaboration
des plus actives. On lui doit en entier le dernier volume de
la série in-4°, qui comprend les catalogues des bibliothèques
de Toulouse et de Nîmes, et, dans la série in-8°, en dehors
de quatre volumes qu'il a consacrés à décrire les manuscrits
de la bibliothèque Mazarine, plus de vingt catalogues
portent son nom : Angers, Auxerre, Cambrai, Lyon,
Nantes, Poitiers, Valenciennes, etc. En 1892, il faisait
paraître simultanément deux gros volumes in-4° du nouveau
Recueil des historiens de la France, les *Obituaires de la
province de Sens,* publiés sous la direction de notre savant
confrère M. Auguste Longnon, et pour l'édition desquels
l'avait désigné quelques années auparavant un mémoire,
couronné par l'Académie des inscriptions, sur les *Obituaires
français au moyen âge* (1887). La dernière œuvre d'Auguste Molinier, à laquelle il a donné la meilleure partie de
son temps pendant les trois dernières années de sa vie, aura
été son *Manuel des sources de l'histoire de France au
moyen âge,* dont le premier fascicule a paru en 1902, et le
cinquième quelques mois après qu'il n'était plus. Sa perte
soudaine et prématurée a été douloureusement ressentie par
tous ceux à qui il a été donné de connaître la droiture et le
désintéressement de son caractère; elle ne le sera pas moins
par ceux qui n'ont pu apprécier que les œuvres du savant,
dont l'activité a été si féconde dans le domaine des sciences
historiques, et dont on pouvait espérer tant encore.

Quelques mois à peine après la mort d'Auguste Molinier,
un autre de nos collaborateurs, parmi les plus jeunes, nous

était aussi ravi trop tôt. M. Henri Lacaille, décédé à Paris le 18 septembre dernier, était né dans cette même ville, en 1862. Issu d'une famille ardennaise fixée à Rethel, l'histoire de cette vieille cité féodale était devenue l'objet de ses études de prédilection, et c'est à Monaco, où sa santé l'obligeait, depuis 1894, à passer chaque année l'hiver, qu'il était allé retrouver les anciennes archives du comté de Rethel. Collaborateur de notre savant confrère M. Gustave Saige, il entreprit bientôt la publication du *Trésor des chartes de Rethel*, dont les deux premiers volumes ont paru dans la Collection de documents publiés par ordre du prince de Monaco. Il ne lui aura pas été donné malheureusement de voir l'achèvement de son œuvre, non plus que de cette édition du *Journal de Clément de Fauquembergue, greffier du Parlement de Paris*, dont il avait publié pour notre Société un premier volume en 1903, en collaboration avec M. Alexandre Tuetey. Les études historiques pouvaient attendre beaucoup encore d'Henri Lacaille, et nous garderons pieusement le souvenir d'un collaborateur sur lequel nous étions en droit de fonder pour l'avenir des espérances si malheureusement brisées.

Notre Société ne compte pas exclusivement des historiens dans ses rangs; elle se fait gloire aussi d'attirer à elle tous ceux qui, de près ou de loin, s'intéressent à nos études et à nos travaux. Tel fut M. George de Courcel, qui portait un nom cher à notre Société et à notre histoire nationale. Après avoir appartenu pendant vingt ans au corps de la Marine, où il comptait de brillants états de service, M. de Courcel avait charmé les loisirs d'une studieuse retraite en réunissant dans son château de Vigneux, en Seine-et-Oise, une incomparable collection de livres et de documents relatifs à l'arrondissement de Corbeil. — Tel aussi M. Henri Germain, qui fut à la fois un grand financier et un savant économiste, et dont la mémoire restera attachée à son œuvre maîtresse, le Crédit lyonnais. Le nom de M. Germain avait remplacé sur nos listes, de même que sur celle de l'Académie des sciences morales et politiques, celui d'un autre administrateur éminent, son beau-père, M. Adolphe Vuitry.

Nous avons encore à regretter la perte de confrères qui, pendant de longues années, nous ont été constamment fidèles, comme M. de Bure, décédé récemment à Moulins et qui avait été admis dans notre Société il y a près de soixante ans; comme M. Léon Laguerre, docteur en droit, dont le nom aura figuré sur nos listes pendant cinquante-quatre ans; comme M. Marius Bianchi, ancien député de l'Orne et ancien agent de change; M. Fernand Bartholoni, ancien maître des requêtes au Conseil d'État; M. Claveau, inspecteur général honoraire des établissements de bienfaisance; M. Henri Desprez, directeur du Comptoir maritime et président de la Société de secours aux familles des marins naufragés; enfin, M. le comte de Mornay-Soult, marquis de Mornay, qui tous étaient des nôtres depuis plus de quarante ans.

Les vides que la mort a faits ainsi dans nos rangs auront été en partie comblés par l'admission de douze nouveaux membres, à qui vous me permettrez de souhaiter, en votre nom, la bienvenue parmi nous :

S. A. R. Mgr le comte d'Eu ;

Les bibliothèques du Congrès, à Washington, et du Prytanée militaire, à la Flèche ;

M. Georges Laguerre, dont le nom vient prendre la place de celui de son père sur nos listes ;

M. G. d'Etchegoyen ;

M. C. Couderc ;

M. Fernand Jousselin ;

M. le capitaine Louis Augerd, qui remplace également son père dans notre Société ;

M. Raoul Treuille ;

M. le prince François de Broglie ;

M. Octave Homberg ;

M. le comte Gérard de Rohan-Chabot.

Le rapport de notre secrétaire vous montrera, une fois de plus, tout à l'heure, que notre Société continue, depuis plus de soixante-dix ans, de suivre ponctuellement le programme qu'avaient tracé, en 1833, ses premiers fondateurs. Si je ne craignais de retarder ce moment et d'abuser plus longtemps de votre bienveillante attention, je vous demanderais la permission de vous rapporter quelques anecdotes relatives aux premiers jours de notre propre histoire. Je les emprunterai encore à des lettres de Benjamin Guérard[1], adressées, en 1833 et 1834, à l'un des fondateurs de la Société des Antiquaires de Normandie, au marquis Le Ver, et dont la Bibliothèque nationale est redevable à une nouvelle et généreuse libéralité du savant éminent qui par deux fois a été appelé à présider notre Société : j'ai nommé M. Léopold Delisle, auquel doit tant cette maison, qui a été si longtemps la sienne.

L'origine de notre Société remonte aux premiers mois de 1833, et, dans une lettre datée du 3 juin de cette même année, Guérard rapporte au marquis Le Ver, dont il avait fait inscrire le nom parmi ceux de nos quinze premiers fondateurs, les préliminaires de l'établissement de la Société :

« C'est moi, en effet, qui ai pris la liberté de vous désigner pour faire partie des fondateurs de la Société de l'Histoire de France. Le nombre en est fixé à quinze et se trouve depuis longtemps au complet. Ils n'attendent pour se réunir que le moment où MM. de Barante, président provisoire, Pasquier, Guizot, Molé et autres grands fonctionnaires seront débarrassés du soin des affaires politiques les plus urgentes. On fixera dans le premier comité le jour de l'assemblée générale, on rédigera le prospectus de la Société, et l'on conviendra sans doute des principales propositions sur lesquelles les sociétaires auront tout d'abord à délibérer. J'aurai soin que vous soyez informé à temps du jour de notre première réunion, afin que, si vos affaires vous le permettent, nous puissions profiter de vos conseils et de vos lumières.

« Je n'espère pas que nous soyons tous d'accord sur le plan à suivre pour les publications de la Société ; mais je pense que l'avis de la grande majorité sera de n'imprimer que les auteurs originaux, avec ou sans traduction, suivant

---

1. Cf. *Quelques lettres de B. Guérard à J. Desnoyers sur les premières années de la Société de l'Histoire de France (1834-1845)*, dans l'*Annuaire-Bulletin* de 1904, p. 242-248.

l'opinion de l'assemblée des sociétaires. Aimoin, une partie d'Adon, les Chroniques de Saint-Denis, pour les temps anciens, et quantité d'autres compilations seront donc exclues de notre collection, qui sera ainsi allégée d'un gros fardeau inutile, lequel dépare, plutôt qu'il ne l'enrichit, celle de D. Bouquet et de ses continuateurs. En général, le but que se propose la Société me paraît bien choisi, très avantageux aux études historiques et digne d'un succès populaire; mais je ne me dissimule pas les difficultés qui se présenteront à l'exécution et dont le président aura à triompher. C'est pourquoi il serait peut-être convenable de lui déléguer un pouvoir littéraire absolu; au Conseil seul appartiendrait le pouvoir administratif, et l'assemblée des sociétaires n'aurait guère que celui de régler et de surveiller l'emploi des fonds; c'est surtout en matière d'érudition qu'on doit se tenir en garde contre l'opinion de la majorité.

« Le secrétaire provisoire de la Société, qui a eu l'honneur de vous adresser un sommaire du programme, se nomme M. Teulet et se distingue par une grande activité, par un zèle soutenu pour tout ce qu'il entreprend et par des connaissances en histoire de France et en diplomatique assez étendues pour son âge et pour le temps qu'il a pu consacrer à l'étude. Il est inutile que vous preniez la peine de lui écrire, et je me charge bien volontiers de lui faire connaître votre adhésion. Quant au montant de votre souscription, que vous désireriez acquitter dès aujourd'hui, veuillez ne pas vous en mettre en peine; lorsque le moment sera venu d'opérer les versemens, vous en serez informé. Avant de recueillir les fonds, il est nécessaire qu'on nomme le caissier, et cette nomination ne pourra avoir lieu que dans l'assemblée générale. Si l'on avait besoin d'ici là de quelque argent pour les frais du prospectus, il est vraisemblable que les avances seraient supportées par le libraire de la Société, qui est déjà choisi et qui sera sans doute confirmé, puisque ce libraire est M. Crapelet. »

Deux mois après, l'établissement de la Société, sans être encore définitif, avait fait cependant un grand pas, et Guérard envoyait, le 16 août, au marquis Le Ver un récit détaillé de la séance du Comité des fondateurs, qui s'était tenue le 27 juin 1833 :

« J'attendais, pour avoir l'honneur de vous écrire, que l'affaire relative à notre Société historique fût conclue ; mais ce qui devait arriver incessamment depuis six semaines se fait tellement attendre, que je n'espère plus rien qu'après les vacances. Cependant, nous n'en sommes plus au début, et nous avons fait un grand pas. Voici ce qui s'est passé.

« Vers la fin du mois de juin, un mardi au soir [25 juin], nous fûmes convoqués inopinément, de la part de M. de Barante, notre président provisoire, pour le surlendemain à trois heures, afin de nous occuper de notre organisation. Le jeudi [27], à l'heure indiquée, nous nous réunîmes en séance, dans une ancienne salle du Trésor ; trois ou quatre membres seulement manquèrent à l'appel, mais, parmi les absens, se trouvait malheureusement M. de Barante lui-même, l'auteur de la convocation. On l'attendit quelque temps, puis on passa outre, et l'on ouvrit une délibération, qui cessa au bout de deux heures, sans avoir produit de résultat ; M. de Barante n'était pas encore arrivé. On se sépara avec ajournement à huitaine. Dans l'intervalle, M. de Barante partit pour son ambassade, après avoir écrit pour s'excuser à M. de Fortia, notre président d'âge ; d'autres membres aussi quittèrent Paris, de sorte qu'à notre seconde séance nous nous trouvâmes peu nombreux, et notre entreprise menaça d'échouer complètement.

« Cependant, grâce au zèle des membres présents, la délibération fut reprise ; elle occupa encore deux autres séances, et il en sortit enfin, non sans difficulté et sans opposition, une série de statuts qui furent adoptés. Il ne resta plus qu'à obtenir l'adhésion des membres absens et à modifier la rédaction du prospectus, qui devait être mis à la tête des statuts de la Société et sur lequel on n'avait pu s'entendre. On commença par M. Guizot, à qui on communiqua les articles du projet et qui les approuva ; ensuite on les adressa à d'autres membres, mais je ne saurais dire dans quelles mains ils sont aujourd'hui. En attendant qu'ils vous soient communiqués officiellement, je vais, si vous me le permettez, avoir l'honneur de vous en retracer de mémoire les dispositions principales, qui suffiront pour vous donner une idée exacte de l'ensemble :

« 1. Une Société littéraire est instituée pour la publication et la propagation des documens originaux relatifs à l'histoire de France. Elle prend le nom de *Société de l'Histoire de France*.

« 2. Le nombre de ses membres est illimité.

« 3. Elle est administrée par un Conseil composé de vingt membres, ayant à leur tête un président. Les sociétaires fondateurs forment provisoirement ce Conseil.

« 4. On devient sociétaire sur la présentation de deux membres de la Société ou en vertu d'une délibération du Conseil.

« 5. Tout sociétaire versera chaque année une somme de trente francs dans la caisse de la Société.

« 6. Il sera publié par la Société : 1° un nouveau recueil des Historiens de la France, dans lequel entreront les documens originaux de tous genres (conciles et vies des saints, par extraits, diplômes, chartes, lettres, etc.), qui peuvent servir à l'histoire du pays. Les textes des historiens latins et de quelques historiens français seront accompagnés d'une traduction, et les sociétaires auront la faculté de ne souscrire que pour le texte ou pour la traduction seulement. Les volumes leur seront remis au prix de fabrication et seront vendus hors de la Société aux prix ordinaires de la librairie.

« 2° La Société publiera en outre un journal littéraire, qui sera envoyé gratis à tous ses membres et qui contiendra des rapports sur les travaux de la Société, des notices sur toutes les publications qui se feront en France et à l'étranger concernant l'histoire de France et des articles d'antiquités nationales, destinés aussi en partie à reproduire sous une forme nouvelle et en abrégé le Glossaire de Du Cange.

« 7. Il y aura tous les mois assemblée du Conseil, et tous les ans assemblée générale de la Société.

« 8. Les autres dispositions réglementaires seront arrêtées dans la première assemblée générale, qui aura lieu aussitôt que les sociétaires seront au nombre de deux cents.

« Les sociétaires fondateurs sont : MM. Guizot, Pasquier, Molé, Barante, Thiers, de Fortia, Le Ver, Letronne, Champollion, Vitet, Mignet, Monmerqué, Fauriel, Crapelet, Beugnot, Augustin Périer, Guérard ; plus deux autres, dont les noms m'échappent[1].

« Deux notaires ont été désignés pour recevoir les souscriptions.

« Voilà, M. le Marquis, ce qui a été arrêté de plus important ; je désire beaucoup que le tout obtienne votre approbation et que nous voyions bientôt publier le prospectus. »

Le 17 novembre 1833, la Société n'était pas encore constituée, et Guérard écrivait au marquis Le Ver :

« Notre Société historique, à laquelle vous voulez bien prendre intérêt, est toujours languissante. Les membres qui la composent ne se sont pas encore assemblés ; on promet une convocation avant la fin de l'année. J'aurai bien peu de temps à donner à ses travaux ; outre l'édition des *Itinéraires*, qui m'occasionne de fréquentes interruptions dans mon travail sur le *Polyptyque d'Irminon,* la publication de celui-ci et les recherches que je suis obligé de faire pour la collection des *Historiens des croisades,* je suis encore tenu de préparer mon cours de l'École des chartes, lequel s'ouvrira aux premiers jours de l'année prochaine, de sorte que tous mes momens sont pris ; mais la Société ne manquera pas d'ouvriers, quand elle sera définitivement constituée, le plus difficile est de nous mettre en train. »

On n'allait cependant pas tarder à toucher au port, et, le 14 janvier 1834, Guérard annonçait au marquis Le Ver la réunion prochaine de la première assemblée générale de la Société :

« J'attendais le moment où j'aurais pu vous donner des renseignemens positifs sur l'organisation de notre Société. Ce moment, qui semblait nous échapper de jour en jour, est enfin arrivé, et l'assemblée générale aura lieu samedi prochain. Le règlement définitif est achevé ; on imprime les

1. Éd. Bertin, Raynouard et Teulet figuraient aussi parmi les fondateurs de la Société.

lettres de convocation, et vous recevrez la vôtre après-demain. »

Huit jours plus tard en effet, le 23 janvier 1834, la Société de l'Histoire de France était fondée. Aujourd'hui plus que septuagénaire, justement fière des trois cent vingt volumes de ses publications, son activité n'est nullement ralentie, et elle ne s'interdit pas les longs espoirs. Vous allez l'apprendre de notre secrétaire, à qui j'ai hâte de céder la parole, pour qu'il vous entretienne de l'œuvre accomplie l'an dernier, de nos publications prochaines et de nos projets futurs.

Extrait de l'*Annuaire-Bulletin de la Société de l'Histoire de France*, année 1905.

Nogent-le-Rotrou, imprimerie DAUPELEY-GOUVERNEUR.

www.ingramcontent.com/pod-product-compliance
Lightning Source LLC
Chambersburg PA
CBHW070805200626
46811CB00023B/2109

*9 7 8 2 0 1 9 5 9 5 5 6 2 *